W0357858

NOUVELLES
EN FORME DE
BERET BASQUE

NOUVELLES

EN FORME DE

BERET BASQUE

Hervé Le Corre
Jean-Christophe Pinpin
Jean-Bernard Pouy

avec les illustrations
de Frédéric Liéval

et les vieilles histoires
de Stéphanie Deschamps

ISBN 2-9510314-0-8
© Editions Antimoine, 1996
8, rue du Pilori - 64100 BAYONNE
Tous droits de reproduction, adaptation et traduction réservés pour tous pays.

Près de Roncevaux, 1942. Dans une ferme, une assemblée s'adonnait à des libations, exaltée par la chaleur du feu de bois et la bonne chère. Un homme d'âge donna l'ordre de se déshabiller et on apporta la soupe, dans laquelle on jeta un chat vivant. Cette soupe de chat bouilli fut mangée selon un rituel magique, en récitant en basque entre chaque cuillerée des «espèces de sortilèges, des psalmodies ou des mélopées». Puis ils parodièrent la messe -avec un saucisson-, s'adonnèrent au plaisir charnel avant de courir nus attraper des crapauds. Catholique pratiquant, «le chef» de cette fête mourut en quelques jours, «raillant les croyances chrétiennes et demandant s'il y aurait du bon vin au ciel»...

Récit rapporté par Pio Baroja
in Les sorcières et leur monde,
Ed. Gallimard

LES VIEILLES HISTOIRES

de Stéphanie Deschamps

Voici un recueil de nouvelles sur le Pays Basque qui, fort heureusement, va à l'encontre des guides bleus et autres images prêtes à digérer, que l'on livre, habituellement, au touriste qui débarque.

Toute idée préconçue est donc très malvenue, non pas que nous nous permettrions de porter un jugement sur vos opinions touristiques, mais bien plutôt parce que vous risquez d'être douloureusement désillusionnés.

Ces nouvelles vont vous amener en effet à gravir une façade moins connue de ce pays : c'est un cheminement de l'intérieur, sur les traces d'histoires parfois ancestrales.

Votre guide sera, si vous le permettez, un esprit unique, qui ne souffle que de la Rhune à Iraty, de Biriatou à la vallée de Garazi, ou encore de Zugarramurdi à Isturitz.

Hors des sentiers battus, se découvre, un peu, un nouveau Pays Basque, avec ses secrets, souvent bien gardés, pour ne pas trop effrayer le visiteur de passage. Car ici, l'on ne rencontre guère de Ramuntcho, qui danse le fandango sur le pont d'un voilier en partance pour Mexico.

Les basques ont été des guerriers qui ont su, avant tout, se préserver. Et certains de leurs enfants ont gardé le sens de la tradition.

Ainsi, avant d'entrer dans les récits de ce recueil, laissez-moi vous parler un peu de certaine tragédie de ce pays. Car il vaut mieux ne pas avoir la naïveté de croire en l'apparente bonhomie du titre générique de ces nouvelles. Sous le béret peuvent se cacher bien des choses.

Il en est ainsi de l'histoire de Morguy, jeune fille assez jolie, fraîche et rose comme ses dix-sept printemps. Elle a de bonnes hanches de labourdine. Une aubaine, lui répète sans cesse sa mère : Morguy aura la chance inestimable, en ces temps de fin de moyen-âge, de mettre ses enfants au monde facilement. Et de ne pas mourir en couches, comme sa pauvre soeur, à qui le Bon Dieu a voulu faire grâce de siamois. Morguy est mignonne, donc. Mais beaucoup moins plaisante, cependant, que la cadette du Detsail, ce paysan puant. «Une des plus jolies filles du Labourd» selon les garçons.

Morguy la déteste. La jalouse. La soupçonne même d'user de quelque sortilège pour ensorceler les hommes.

Morguy sait bien tout cela. Car elle est déjà allée au sabbat, à ce qu'elle dit. L'AKELARRE, «la lande du bouc», symbole de Satan, elle connaît. Un peu plus jeune, elle y a été conduite par l'une de ces vieilles femmes qui a le secret des onguents. Une «méchante sorcière» qui lui a enseigné le culte des divinités païennes basques : honorer MARI, déesse mère de toute chose, plutôt que MARIE, cette belle icône à la tragédie invraisemblable.

Morguy a su voler, alors, de la Rhune à l'océan. Elle s'est crue vulnérable. Mais depuis, elle a retrouvé le chemin de Dieu. Alors qu'au village, ils sont toujours nombreux à se réunir sous la lune, invoquant LAMINAK* (lutins des sources et ruisseaux) et autres esprits des monts et forêts. L'église est toute puissante, mais les croyances ancestrales demeurent.

A Saint-Jean de Luz même, les femmes des marins, partis à Terre-Neuve, multiplient, par dépit ou solitude, ces rencontres. Elles célèbrent le culte de leurs aînés, sans penser à mal.

Contrairement à un certain Pierre de Lancre, Conseiller du Roy à Bordeaux, qui se donne pour mission, par jacobinisme peut-être, de nettoyer le Pays Basque de ces «sorcières». Les SORGINAK, comme elles se nomment, dans cette langue maléfique, justement.

A l'arrivée de ce sieur et de ses sbires en 1609, Morguy retrouve totalement sa route spirituelle. Elle œuvre auprès de la commission

** NdE : le K marque le pluriel en basque.*

royale, expliquant aux juges qu'elle a quitté «le métier par la grâce de Dieu». Métier qu'elle a pratiqué, cela va sans dire, bien malgré elle, mais qu'elle connaît mieux que tout autre. Elle est nommée auprès du chirurgien, ce noble et intègre docteur, dont le rôle est de «questionner» tous les suspects de sorcellerie.

Morguy prend son rôle très à coeur. Elle se doit de chercher sur les corps, la STIGMA DIABOLICA, la marque du démon, preuve que l'accusé a passé un pacte avec Satan. Cette fameuse marque est insensible à toute piqûre. Morguy use donc d'une grande aiguille qu'elle enfonce avec minutie dans la chair. De Lancre insiste beaucoup sur le soin à apporter à ce «travail». Des enfants, comme des vieux, il en est : l'aiguille doit passer partout.

Morguy ne compte pas déplaire au conseiller royal. Elle est zélée, et complète sa mission en dénonçant de vieilles inimitiés, qu'elle envoie sans remords au bûcher. Ainsi, la Detsail est scrupuleusement interrogée. Morguy ne prend même pas la peine de lui bander les yeux comme le veut la coutume chrétienne.

Morguy torture, de Lancre brûle. Tout est permis dans la «chasse aux sorcières». Il faut éradiquer le culte de Satan. A n'importe quel prix. Des centaines, des milliers -comment savoir ?- de pauvres erres sont sacrifiés sur les bûchers de Ciboure à Ascain. De leurs cendres naissent des croix. Des lieux de sorcellerie, l'on fait des lieux de chrétienté. Les grottes de Sare sont bénies. Les écclésiastiques y apposent, à l'entrée, une croix. A jamais gravée, pour les siècles des siècles.

D'une guerre de clans de gentilhommes qui, pour se nuire, se sont accusés mutuellement de sorcellerie, l'on est arrivé à l'une des plus violentes et meurtrières inquisitions du Moyen-Age.

Sans le savoir, la commission royale a nommé à sa tête un monstre, sadique et psychopathe, qui fait un complexe de ses origines basques. Si les malheureux suppliciés savaient que c'est l'un des leurs qui instruit ces abominables procès, ils ne pourraient le croire. Un de Rosteguy, dressant le bûcher pour son peuple : c'est toujours dans l'histoire que l'on apprend l'inconcevable. Mais de Lancre n'est plus basque. Il ne porte plus le nom de ses ancêtres. Son père en a sciemment changé, empruntant celui de la terre acquise près de Bordeaux. Près du pouvoir.

Et de Lancre est tout puissant. Mais la révolte populaire gronde. Les marins de retour de Terre-Neuve s'élèvent contre la commission royale. L'évêché de Bayonne proteste. L'inquisition est en train de passer de mode. De Lancre prend le chemin du retour, brûlant au passage à Bayonne quelques prêtres. Il rentre avec les honneurs et le sentiment d'avoir accompli la plus grande des justices.

L'histoire n'a pas souvenance de Morguy. Qu'était-elle après tout ? Les jeunes filles de cette époque avaient peu d'occupations. Morguy est devenue tortionnaire en série, dans un monde où la gloire est enfant de barbarie.

Derrière un visage de porcelaine, de jolis yeux noisette et une peau couleur pain d'épice, Morguy aimait le sang et la torture. Son masque est tombé au pied des bûchers de ceux, qu'inlassablement, elle a massacrés.

Il en est ainsi dans ce pays. Que seuls connaissent ceux qui l'écoutent et le regardent vivre.

Sur le pas de porte des maisons, l'on vous salue toujours affablement. Mais, dans l'intimité, le sourire aimable du voisin peut se transformer en grimace du bourreau. Et cette grimace vous est peut-être destinée.

Des Morguy comme des de Lancre, le Pays Basque connaît encore. Il en est, de nos jours, qui seraient prêts à dresser, de nouveau, des bûchers pour ceux qui ne portent pas le même sang. Des bourreaux, en puissance, qui font un complexe de «basquitude» sur leurs propres origines, peut-être pas toujours conformes à leur idéal.

Il en est encore, dangereux dans leur souci de tranquillité du citoyen, qui se montrent déterminés à régler les conflits par la force, ne faisant ainsi qu'empirer les choses. Mais au bout du compte, restent toujours les esprits. Qui n'ont ni patrie ni ambitions. Les âmes demeurent. Et elles veillent. S'alliant, parfois, avec les divinités.

De leur histoire, et de leur destin, c'est la terre qui garde le souvenir : des suppliciés de Morguy, elle a avalé les rigoles de sang ; de Morguy elle-même, elle a absorbé le corps décomposé. La terre basque dans ses reliefs a préservé l'histoire de son pays. Et il plâne sur elle, comme dans les récits des nouvelles que vous allez découvrir, une vérité qu'il vaut mieux connaître : ici plus qu'ailleurs rien ne s'oublie, ni ne se pardonne. Tout se paie.

LA TROISIEME PERSONNE

Du Port d'Hendaye à Biriatou

LA TROISIEME PERSONNE

Hervé Le Corre

Qu'est-ce que tu crois ?

Te voilà avec des armes braquées sur toi dans ce petit matin humide et clair face à la vaste lueur qui monte derrière la Rhune, ce jour si pâle aux teintes d'ecchymoses, jaune sale, bleu indécis -les nuages sont des poings qui s'enfuient en retenant leurs coups.

Tu gardes les mains sur le volant dans la bulle verrouillée de l'habitacle où flotte, tu t'en es aperçu en ouvrant les yeux tout à l'heure, cette odeur douceâtre que tu n'oses identifier, et ton regard parcourt lentement la crête arrondie de montagnes qui bloque la nuit sur les versants, et l'émetteur de télévision t'accroche un instant de son aiguille noire, si bien que tu ne perçois plus les injonctions qui te cernent qu'à travers le filtre rassurant d'une fiction aux allures de rêve éveillé.

Mettez les mains sur le volant, ne faites aucun geste brusque, descendez du véhicule lentement, toute résistance est inutile. Et l'homme ne bougea pas, ne jeta même pas un coup d'oeil aux quatre CRS qui le tenaient dans leur ligne de mire, épinglé comme un gros papillon de nuit assommé de lumière. On entendait l'écho métallique d'une communication radio. Une alerte courait dans l'air en ondes courtes. Les hommes se déplaçaient de côté avec des précautions de crabes ralentis comme s'ils cherchaient le point d'intersection des axes de tir.

Tu demeures dans ton inutile immobilité. Il faudrait maintenant que tu leur obéisses, parce que ça ne peut plus durer. Persister plus longtemps n'est pas tenable, et tu le sais : il faut bien en finir. Il est probable que dans quelques secondes ils vont briser les vitres à coups de crosses pour te sortir de là. Tu aimerais sans doute qu'ils ouvrent le feu, et, sans savoir pourquoi, tu empêches ton corps d'exécuter le mouvement suspect qui leur permettrait de se sentir menacés et de te tuer en toute bonne conscience. Tu pressens leurs doigts sur la détente des pistolets, tu les entends échanger entre eux des questions impatientes : ils sont en train de se persuader qu'ils ont mis la main sur un militant basque armé jusqu'aux dents et redoutable comme une bombe. Si tu te jetais en avant vers la boîte à gants, si tu cherchais soudain quelque chose sous ton siège, sois sûr que tu n'aurais pas le temps d'être assourdi par le fracas des coups de feu.

Pourtant, tu as envie de faire un geste, mais doux, et lent : poser à côté de toi une main sur sa cuisse.

Depuis trois jours, vous avez roulé tous les deux presque au hasard. De nuit, surtout, dans la solitude opaque battue de pluie. Vous dormiez aux alentours de l'aube, garés à la diable sur des chemins boueux, des routes désertes, des airials qui sentaient la résine et le sable. Tu lui parlais parfois, désespérant de l'entendre répondre. Tu te tournais vers elle en cherchant son regard, tu faisais remonter ta main sous sa jupe et tu déplorais qu'elle eût froid, tu épiais sur sa peau d'impossibles frissons.

Qu'est-ce que tu t'imagines, veilleur hagard ?

Qu'elle va se réveiller en clignant des yeux, en étirant ses jambes ou en se recroquevillant de froid, et qu'elle va te sourire et te demander comment tu vas, si tu as bien dormi ? Elle va peut-être évoquer une envie de café noir et de pain beurré ? Oui... Laisse monter en toi le parfum d'un petit déjeuner. Ecoute craquer la croûte d'une baguette, ou tinter une cuillère au fond d'un bol. C'est puissant, l'imagination. Presque autant que la mémoire.

Souviens-toi, puisque tu ne peux rien faire d'autre. Elle ne voulait plus depuis dix jours que tu la touches. Elle était revenue auprès de ton fils, ce veau arrogant, ce cocu de film italien. Alors tu es venu la chercher. Elle a ri méchamment quand tu lui as dit que vous alliez partir loin et tout recommencer, sous un ciel nouveau, sur d'autres rivages évidemment plus bleus... Tu lui a promis une vie de turquoise, et tu t'es abandonné à un lyrisme inaccoutumé appris dans des livres ou des films : tu as parlé de vraie vie, d'ailleurs, d'Aden, d'eden, pourquoi pas, avec la volubilité étranglée d'un bonimenteur bouleversé par sa camelote. Elle riait de ton étalage en kodachrome. Te conseillait de ranger tes clichés dans un album pour les montrer à ta femme les dimanches de pluie. J'ai dix-neuf ans, répétait-elle, et toi, combien ? Cinquante au moins ? Comment ai-je pu me laisser faire et aimer ça au point que je n'en supporte même plus l'idée et que je me lave jusqu'à ce que ça me brûle, dix fois par jour, tu entends ? Pour éliminer toute trace de toi ?

Elle était nue et tu as eu envie d'elle comme la première fois, le jour où ton fils l'a ramenée à la maison en annonçant que désormais elle vivrait avec vous, et où, rappelle-toi, le soir même, comme elle te croisait dans le couloir, son ventre t'a effleuré, ses yeux ont cherché dans les tiens une connivence dont l'autre grand couillon, hâbleur et brutal, n'a jamais rien su, trop jeune, trop sûr de lui. Ca s'est planté au bas de ton ventre ce soir-là. Raide et vivant comme depuis longtemps ça ne l'avait plus été. Et aujourd'hui, au point de convergence des armes, ton souvenir gonfle et bat, mémoire puissante.

Et te voilà, au terme de trois jours d'errance aux côtés de cette fille définitivement indifférente à tes émois, bandant avec vigueur face à une montagne basque coiffée par le jour naissant d'une casquette aveuglante, et braqué par quatre flics d'une humeur massacrante parce que, sans doute, ils se sont levés tôt pour effectuer cette patrouille et que la beauté du paysage ne les console guère, à moins qu'ils ne soient tombés sur vous en rentrant à leur cantonnement après une nuit de vigilance tout terrain dans des odeurs confinées, car la fatigue a des relents qui évoquent ceux de la mort, tu devrais à présent le savoir.

Tu te repasses comme une vidéo mal cadrée aux images floues parfois le film d'amateur de votre voyage insensé, surtout la scène du départ, le matin dans cette chambre où elle était nue et où elle t'insultait. Tu te vois te jeter sur elle et forcer ses cuisses, prendre à pleine main la motte humide qu'elle ne défend plus, se contentant de te clouer son regard dans le front, les dents serrées, pendant que tu haletais au-dessus d'elle d'envie mais aussi par manque de souffle, parce qu'à ton âge, on n'a plus la même condition physique. Vieux. Flasque. Mou. Elle a dû lire dans tes pensées ce constat que tu faisais souvent devant ta glace le matin, pour te le renvoyer le jour où devant elle tu te montras en t'efforçant de rentrer le ventre. Bien-sûr, elle s'était excusée après, égarée de plaisir, et t'avait parlé d'expérience en amour, de douceur des gestes que ton fils, qui te ressemblerait tant, ignorait toujours. Mais l'écho des mots était resté en toi et tu ne paraissais plus devant elle qu'avec ce bruit fossile, cet éclat douloureux et coupant de miroir parlant.

Pauvre vieux. Tu regardes ton mauvais cinéma intérieur, un noir et blanc granuleux, parcouru de rayures blanches, ces rides de l'image maquillées en cheveux, et ça devient violent. Des cris. Des coups. Ces gestes que tu ne maîtrises plus. Auxquels tu ne veux plus croire. Sa pâleur soudain, et son silence, à quoi tu n'est toujours pas habitué. Cette voiture qui fuit en accrochant le portail, et qui s'éloigne, avec la fille effondrée contre la portière, comme si elle dormait. Une troisième personne a fait irruption dans ta vie. Il, tu.

Ils arrivèrent à Bordeaux juste avant la nuit, et l'homme eut le temps de se perdre sur les autoroutes, dans les embouteillages de l'heure de pointe avant que les lampadaires s'allument, et il se retrouva dans le centre-ville sous un crachin océanique, et c'est là qu'il recommença à parler pour se demander où ils étaient, et la questionner sur l'endroit où elle habitait. Il fit des tours et des retours, les rues peu à peu se vidaient, il s'aperçut brusquement qu'il était tard.

Il s'endormit dans les Landes, sous des pins dont la rumeur s'élevait contre le vent d'ouest. Il rêva qu'il avait envie de mourir. Au matin, il eut faim et soif. Son rêve l'assaillait de questions inédites. Il en parla à la fille, tour à tour étonné puis accablé de son mutisme. Bien-sûr, il devenait fou. La réalité n'était plus qu'un marécage. Il fallait mourir, certes, mais s'habituer d'abord à cette idée qui ne l'avait guère tourmenté jusque là. Mettre de l'ordre dans l'avant et l'après, le tout et le rien, ce genre de choses, mais les mots lui manqueraient, les mots nomment et désignent sans jamais rien réparer. Et surtout, ils ne jouent pas.

Il se débrouilla pour se nourrir, n'osant trop s'éloigner de la voiture afin de ne pas laisser la fille seule. Il lui parlait de temps en temps et lui disait toujours la même chose : il voulait la persuader que tout allait recommencer entre eux, il esssayait de la convaincre qu'il n'était pas si vieux, que personne ne saurait rien de leur aventure. Il utilisa ce mot, aventure, dont il éprouva tristement l'incertitude. Il traversa le Gers, repiqua vers le Lot-et-Garonne, toujours poursuivi par la pluie qui transformait la campagne en bourbier, cette même pluie d'hiver, douce et lourde, qui rend plus souple dans les granges la corde des pendus qu'on décroche deux jours après sans vraiment de surprise. Il repassa même devant chez lui et s'affola quand il aperçut le fourgon de gendarmerie garé le long du potager, mais eut le temps d'entrevoir son chien qui s'était avancé au bout de sa chaîne en reconnaissant le bruit du moteur et bondit en aboyant quand il accéléra pour fuir de nouveau. Il sut alors qu'il ne reviendrait plus, et prit la direction du sud bloqué derrière un camion qui le noya pendant une heure dans une vapeur d'eau sale, sans qu'il eût l'idée de le dépasser.

Il reconnut le Pays Basque, sans y être jamais venu, à ses rondeurs verdoyantes au sommet de quoi s'accrochaient des paquets de pluie, et à la fréquence des patrouilles de police. Il évita même un barrage près de Saint-Palais, avec herse et pistolets-mitrailleurs, et ce déploiement de force lui fit penser à un décor, un arrangement d'effets spéciaux parmi quoi il évoluait en personnage improbable. Il s'arrêta encore sur un chemin qui montait vers une ferme et resta de longs moments sous la bruine où il marcha, pissa, vomit, pleura.

Plus tard, il se laissa mener par les panneaux ESPAGNE, FRONTIERE et prit la route du Col d'Ibardin, seulement attiré par les mots de cette topographie nouvelle pour lui, comme si le sens s'ajoutait à une direction. Mais la nuit tomba d'un bloc, jetée sur lui en même temps que l'opacité détrempée des nuages où il pénétrait. Il eut peur de cette solitude irrémédiable qu'il constatait enfin, et s'en voulut de parler encore à la fille dont le corps bougeait lourdement à chaque virage.

Il s'arrêta sur une sorte de parking d'où il ne put rien voir, pas même la route qu'il venait de quitter, quinze mètres derrière lui. Là il se mit à épier le silence et hasarda sa main sur le visage affaissé contre la vitre sans en distinguer la pâleur morbide. Il ouvrit la portière pour chasser de la voiture l'odeur renfermée de leurs deux corps, et dehors un silence d'univers, où rôdait un petit vent montagnard, lui donna le vertige.

C'est le chef de patrouille qui a remarqué le véhicule immatriculé dans le Lot-et-Garonne arrêté au bord de la route, et il a décidé de le contrôler. Comme ce pays est plein d'individus suspects, on a pris nos précautions : on s'est rangé juste derrière pour empêcher toute fuite, et on a pris nos armes pour aller leur demander un peu ce qu'ils foutaient là, dans ce froid et cette humidité. Nous, on avait passé la nuit au poste-frontière du col d'Ibardin pour renforcer les collègues de la PAF. Quatre passages dans la nuit, ça nous a laissé le temps de jouer aux cartes et de regarder la télé espagnole. En ce moment c'est le grand amour entre Madrid et Paris, comme on dit dans les journaux, alors nous autres de la police on est invités à collaborer intensément de part et d'autre des barrières. Sauf que les Espagnols, ils pourraient les garder aussi, leurs postes. On était tout seuls, là-haut, cette nuit. Avec Dupouy on est allés pisser contre la porte de leur bureau, juste pour rigoler. On aurait pu leur voler leur drapeau, ou même l'antenne radio, tiens, je connais des mecs, du côté de Nîmes, qui me l'auraient rachetée à un bon prix. Mais bon.

L'individu n'a pas répondu à nos ordres, il n'a pas bougé d'un poil, l'oeil rivé à la montagne, et la nana non plus, elle, elle dormait carrément. Me parlez plus de la peur du gendarme, après ça. Tu leur gueules dessus, tu leur braques ton arme presque à bout portant, et ils bougent pas. Rien. Je suis sûr que le type nous aurait regardés davantage si on était venu vider les poubelles. C'est là que le chef nous a demandé de nous méfier. «Gaffe, il a dit. Ils préparent quelque chose». On s'est écarté prudemment, et on a ôté les sécurités de nos armes. Moi, j'avais un PM assez vicieux, putain je déteste ce genre de trucs, ça démarre à peine on lui caresse la détente. Je sais pas, on est resté comme ça quatre ou cinq minutes, en fait, on attendait des instructions que le chef a demandées par radio sauf qu'avant huit heures du mat', va obtenir un responsable. «On contrôle, et on appréhende si besoin est, comme d'habitude» a transmis le chef. Au moment où Dupouy s'est approché pour ouvrir la portière, le type s'est précipité vers sa boîte à gant. Enfin je sais plus, parce qu'après, il y a eu un tel raffût que j'ai fermé les yeux en écrasant mon flingue entre mes mains. On a même eu de la chance de ne pas se blesser, parce que disposés comme on était, on aurait pu prendre un ricochet comme qui rigole. Finalement, ça aurait pu être pire.

On a tous tiré en même temps, une quinzaine de coups, et on a tous crié en même temps aussi «halte au feu», parce que les vitres de la voiture, elles étaient pleines de sang et de trucs que j'ai pas détaillés. Quand on a ouvert la portière, le type est tombé par terre et j'ai pas osé le prendre dans mes bras parce qu'il saignait de partout, du thorax et surtout du cou, et que ça m'a fichu un choc de voir ça. Mais il était vivant, même si ça peut surprendre. On l'entendait respirer malgré sa gorge trouée, et comme il avait la figure dans une flaque d'eau, j'ai bien vu ses yeux qui regardaient la flotte sale d'un air comme qui dirait étonné. Il disait quelque chose en gémissant tout bas. Je me suis approché juste pour entendre Nadine, Nadine, un prénom démodé que je n'aurais pas donné à ma fille. C'est à ce moment-là qu'un collègue a crié de l'autre côté que la femme, ou plutôt la fille, était morte, mais pas à cause de nous. On s'est tous précipités, et le chef l'a examinée comme s'il était médecin légiste. «Merde, il a dit. Elle a été étranglée, regardez.» J'ai vu les traces noires autour de son cou, et tout de suite quelqu'un a dit «En plus, c'est pas de la nuit. Elle sent déjà.» On s'est tous reculés, et c'était vrai. Ca sentait déjà. Pas très fort, mais ça a suffi pour que je me plie en deux, l'estomac complètement soulevé. Heureusement, comme je n'avais rien mangé, rien n'est venu. C'était le choc plus qu'autre chose.

Voilà. Tu les entends ? Encore un peu, sans doute. Faiblement, comme de loin. Et tu regrettes de t'éloigner, et tu n'as même plus la force d'éprouver de la peur ou de la tristesse. Tu ressens vaguement contre ta joue le froid de cette flaque où ils t'ont lâché. Dans ta gorge, le sanglot douloureux de ta blessure reste coincé. Le sang dans ta bouche, tu aimerais pouvoir l'avaler, mais plus rien n'obéit. Tu t'étonnes de n'avoir pas plus mal, et tu espères, pauvre fou, que dans trois secondes exactement une grande lumière tiède va te soulever.

Et tu comptes. Un, deux...

Qu'est-ce que tu crois ?

LA FAUCHEUSE VEILLE

La Forêt d'Iraty

LA FAUCHEUSE VEILLE

Jean-Christophe Pinpin

Les barrières rocheuses, en paysages secs aux arbres en ceps de vigne, luttent contre la marée montante des chênes. Ce collier clair surgit de l'océan boisé, en gratte-ciel de silice. Ici, derrière le Pic de Bizkarzé, il n'y a personne. Trop à l'écart, trop pentu. Pas de sentiers à V.T.T., ni de pistes de ski de fond. Les villages sont loin, en souvenir. Il n'y a rien. Rien, sauf la Forêt d'Iraty. Et sous son plus beau visage de colosses feuillus, de mousses aux rondeurs sensuelles et de ruisseaux aux notes qui étourdissent. C'est à ces heures de marche, de senteurs de sous-bois et de chants d'oiseaux qu'un mycologue, en recherche de spécimens rares, trouva le premier cadavre. Allongé au soleil bienfaiteur des pierriers, en mime parfait de la paresse, une balle de calibre 7,64 mm, dans sa carcasse épaisse de bûcheron.

La police eut beau peler la montagne, saccager les clairières et démolir l'éco-système, elle ne réussit qu'à pédaler dans la piperade.

Quand ils sont venus, avec force caméras, couper un sapin aux mémoires maintes fois séculaires, je n'ai rien dit. Par la suite, l'arbre a vu du pays. A l'heure qu'il est, il mâte en misaine «La Recouvrance», en don des paysans basques aux marins bretons.

Je me souviens de cette coupe. C'était l'hiver et la forêt mise à nue, hormis les bouquets de résineux, se réjouissait de ce regain d'activité. Les chemins étaient durs de gel, la lumière permettait d'embrasser le site. Une petite neige couvrait un ciel gris et haut. De loin, les cimes endossaient ce chemisier de tulle, sans un frou-frou déplacé, une fanfreluche malvenue : un spectacle dont le froid avait figé tout bruit et mouvement. La résine sourdait en cascades aux profondes rides des résineux.

Ils avaient vite opéré, en douceur.

Au printemps, et dans les coups de vent et les averses qu'il dispense, il ne restera pas même une empreinte de bottes.

Avant cette anecdote, il y avait eu la fabrication des «Grandes Randonnées» et autres «Hautes Randonnées Pyrénéennes». Des rêves de marches sinueuses, le long des lisières aux ombres en caresses, ou encore des progressions délicates sur les épaules des éboulis blancs, aux tables de granit chaudes de journées claires.

Je ne leur veux aucun mal : si ce pays ne respire pas, il va mourir. Le long des routes encaissées aux haleines tièdes et odorantes, des fermes immenses, aux facades blanchies de chaux, aux colombages peints au sang de boeuf, ne subsistent qu'en asthmatiques. Planté aux jambes solides, on dirait un gigantesque océan aux prés d'un vert profond.

Le deuxième cadavre fut découvert à Ourdanitzarréta, dans un fossé comblé de feuilles, parallèle au chemin désaffecté de l'exploitation forestière. Sur le bord de cette tranchée défigurante, foisonnent des ronces, des orties et des bouquets de digitales en cônes mauves. L'entonnoir de la mort.

La 4.L kaki était restée immobile trois jours, dans l'indifférence générale, avant qu'un groupe de randonneurs ne donne l'alerte. A regret, à cause des rectangles de peinture fraîche qui délimitaient les futures coupes et présageaient de la puanteur assourdissante des tronçonneuses meurtrières.

La cause du décès fut attribuée à la balle de 7,64 mm que l'on retrouva dans la nuque du forestier. A nouveau, ce sanctuaire à Laminak fut piétiné par des rangers, empesté par les moteurs diésel et souillé par les excréments des chiens policiers. Cette engeance-là ne respecte rien.

La légende raconte que, des plus hautes montagnes, les sorcières aiment à prendre leur élan. Puis elles planent avec douceur jusqu'à se poser dans les vallées. Ensuite, elles descendent de pic en pic, abandonnant un peu d'altitude à chaque passage. La crête de Millagaté n'en finit pas de tirer ses couvertures et regarde, hautaine, les pentes aux inclinaisons sévères. Un coup de reins au col Sensibilé et elles s'élèvent à la pointe de Chardeca. Sous leurs pieds serrés de guenilles, s'étendent des vagues rondes, aux verts qui ondulent leurs teintes au fur et à mesure que le soleil décline. Et l'est, son chant du cygne, en lave aveuglante, incendie le paysage. Les yeux trouvent refuge en direction des villages.

Moi vivante, ils n'y toucheront pas.

Ils n'ont jamais eu l'air très avenant. Et ce d'autant moins qu'ils font partie des gens de malheur. Comme les oiseaux. Je les guette, comme l'on guette les flics, le recommandé ou l'huissier. Aussi, dès que j'ai vu passer le 4 X 4, traînant dans son sillage un tourbillon gras et malodorant, que précédait ses grosses roues crantées, je leur ai emboîté le pas. Il me fallait en avoir le coeur net et cela fait plus d'une heure que mes yeux s'écorchent sur ces deux quidams. Quel métier ingrat aux conséquences lamentables ! Imaginez : huit heures par jour, à regarder, par une lentille, la règle graduée que tient votre collègue. Il prend une pose affligeante : mi-décontractée, mi-virile. Relaché sur une jambe, la tête droite et la poitrine sortie. Le bras droit inflexible, en «V», et le gauche, plein de négligence, reposant sur la cuisse. Un oeil pour la rectitude du bout de bois, l'autre décrochant, à son corps défendant, un sourire à l'objectif. Puis le viseur laisse retomber ses lunettes de la racine des cheveux au nez. Cela fait docte. Savant. Il prend des notes. Obscures. Sur une feuille quadrillée. Et puis, sans un mot de concertation, sans une once de plaisir, ils se déplacent et recommencent leur manège. 8 heures pendant 40 ans. Qu'ils ne s'imaginent pas qu'ils sont les seuls à savoir viser. Moi-même, en ce moment précis. Mais je réfléchis, je parle et n'arrive pas à me concentrer. C'est énervant. Un peu d'attention. Ils sont deux et mon chargeur ne recèle que trois cartouches. Le premier arpenteur sentit son estomac passer dans les talons. Au sens propre du terme. Le second perdit la tête.

Le 7,64 mm devrait être interdit. Toute affaire cessante. La Kalachnikov, elle, se contente de 7,62 mm. Ce type de carabine est usité pour la chasse au gros. Sanglier, cerf, isard, par exemple. Calibre de guerre, la balle reste dangereuse même à trois kilomètres de son point de tir. Sur la base de renseignements fournis par la balistique, on a ratissé les alentours, retrouvé les endroits où l'autre fou-furieux s'était embusqué. En trois mois, il nous a tué quatre personnes. Et sans la moindre revendication, le plus petit message téléphonique ou la plus insignifiante lettre anonyme. Au reste, deux gendarmes décachètent les trois cents lettres quotidiennes que la gendarmerie reçoit. Lesquelles sont l'émanation de personnes soucieuses de la bonne marche de la société civile. Qu'est-ce que «X» faisait ici à cette heure ? Demandez à madame «Z» où elle était à telle date ! Certains ont eu l'inconscient culot de signer.

Sur le terrain, les chiens se perdent dans des avalanches de pistes : chasseurs, amateurs de champignons, d'amour dans les fougères. Tout l'été, cela a randonné à pied, à cheval, à bicyclette. La forêt est labourée par les passages.

Les gars ont les pieds à vif d'ampoules et rien à se mettre sous la dent. A part une pincée de douilles.

Pour fabriquer des allumettes ! Ces salauds vont abattre un arbre sur trois pour fabriquer ces tiges blanchâtres à bout rouge ! Un arbre planté il y a presque 400 ans, pour fabriquer des navires. Les Forêts Maritimes. Qui ont résisté à tout : les vents, les pluies acides, les remembrements, la maladie, les incendies et les palombières. La fureur me provoque des tremblements, me fait bégayer. J'écoute la pluie qui tombe et m'apaise. Elle frappe les hauteurs distantes du grand chapiteau. Saupoudre son humidité qui finit en perles, crochées aux extrémités hérissées. Une grosse goutte tombe, collante de résine sur la terre nue et noire. Et roule sur les aiguilles, escortée par son petit bruit sec. Mais le reste de l'eau demeure en suspens ; soit coincée par le tissage des branches, soit par l'air qui se sature et devient moite. La nuit tombe avant l'heure. Il n'est pas seize heures et nous devenons des ombres. Je vois les cabanes des bûcherons. Plantées sur une esplanade aplanie dans la hâte, à 960 mètres d'altitude et au départ de la crête d'Uthurkokotcha. A cet endroit, finies les senteurs de bruyère et de myrtille. Disparues, les galopades de grands tétras et de biches. Mais, en lieu et place, des odeurs d'huile et d'essence, de sueur et de fatigue. Les gros «Timberjack» nuisibles sont rangés en quinconce, en vague de chars d'assaut prêts à l'offensive, à proximité de bidons aux couleurs éclatantes. Malgré l'obscurité, on perçoit les jaunes et les rouges, on peut lire la marque.

Je renverse le contenu tout autour des cahutes de bois et de plastique. Le sol labouré atténue le bruit des chutes et se gonfle d'essence. Je trébuche, prise dans un cable de traction. La graisse alourdit mon pantalon et répand son odeur douceâtre. Je crache, écoeurée, comme si ce glaviot me débarrassait de cette croûte brunâtre. Mon briquet craque sa pierre. Une, deux étincelles et la flamme, dans son souffle, vacille. Puis s'étire. Cela prend avec enthousiasme, fait le tour du campement, entame un siège. Le village préfabriqué s'embrase en torche. Ca hurle, tressaute sous l'asphyxie de la crémation des plastiques. Les assiégés tentent une sortie. Mon fusil de chasse les fauche. Quelques poignées de chevrotine et la cause est entendue. La fumée devient infecte, attaque les yeux, les muqueuses de la bouche et de la gorge. Il est temps de me replier. Surtout parce qu'un gyrophare s'achemine vers ce feu de joie.

L'été ne semble pas vouloir céder le pas. Et l'automne doit sommeiller quelque part, sous un rocher un peu lourd, sur une couche trop confortable. Un moment comme celui-ci ne devrait jamais finir. L'heure devrait s'arrêter, la terre stopper sa course vaine. A 19 heures 38 précises. Quand les grillons et les courtillières poussent un chant à l'unisson et quand le soleil diminue d'un ton pour que la lumière violette parfume les lisières de fraîcheur. Les yeux se reposent, baignés de courbes polies aux lèvres des paupières.

Les animaux, en confiance, sortent leurs museaux, les antennes s'agitent à proximité des racines. Un bien-être, de repos et de sens en éveil, s'empare du moindre caillou. Un bruit de galop. Les trilles des merles, un vent léger et haut secoue les branches. Une caresse feutrée, des bois qui s'entrechoquent. Un ultime rayon de soleil polit un tronc, jaunit une herbe.

Dix personnes, au total, ont payé cher leur présence dans la Forêt d'Iraty. Tous étaient là pour travailler, faire des routes, marquer des coupes et abattre des arbres. Les usines de cellulose sont menacées de temps partiel, le marché du briquet de poche est en progression constante et la panique est totale dans les villages qui entourent la forêt. Tant au pays basque nord, qu'au pays basque sud. On n'ose plus mettre le nez dehors, fendre une bûche, cueillir une girolle ou ramasser une myrtille. La peur du coup de fusil. Et la question obsédante agite les lèvres : à partir de quand et de quoi porte-t-on atteinte à l'intégrité du site ?

Les ouvriers ont refusé de travailler à la réfection des sentiers, chemins et pistes. Cependant, la saison d'hiver s'annonce sous les meilleurs auspices. Des autobus déversent des tonnes de touristes, curieux et voyeurs. Lesquels visitent tous les lieux des crimes. Photographient les restes calcinés, apprécient les traces brunâtres bues par la terre, s'achètent des cartes d'état-major. L'Institut Géographique National n'arrive plus à fournir. Les demandes concernant les carabines de calibre 7,64 mm ont été multipliées par 666 %. Les hôtels-restaurants font de l'or et les campings ont ré-ouvert. Nous, gendarmes, on a protesté. On voulait pouvoir travailler en paix. Mais le client est roi, alors...

Par ailleurs, on n'a pas retrouvé la carabine, ni le tireur. Ni rien du tout. Les geôles sont vides et l'on s'attend à des mutations qui n'auront rien de promotions. C'est ainsi.

Je n'avais pas prévu ça. Mais alors pas du tout. Je voulais écarter les massacreurs de paradis, bannir les bitumeurs, dissuader les perceurs de tunnels. Me voici responsable des collines de papiers gras, de tonnes d'enveloppes de pellicules, de reliefs de repas. Les mégots de cigarettes s'enlèvent par camions. Des autocars envoient des panaches de fumées épaisses et irritantes.

Il faut le dire, si le début de l'opération a été un succès, les suites et fin sont catastrophiques. Je passe des nuits exécrables, des journées guère plus agréables. Ma bonne humeur m'abandonne... Mais depuis hier, tout est en passe de changer parce que je viens de trouver la parade. Et je nourris le secret espoir d'être comprise et suivie. Puissent d'autres hommes mettrent leurs pieds dans mes traces. Dès demain, je commence à massacrer les maîtres-nageurs, brûler les marinas, dynamiter les thalassothérapies. Sur la Côte Basque, l'été sera en feu d'artifice, aux réjouissances de Grands Soirs.

EXERCICES DE HONTE

La Nive, d'Arnéguy à Roncevaux

EXERCICES DE HONTE

par Jean-Bernard Pouy

La fourgonnette s'est arrêtée sur le pont, juste au-dessus de la Nive. Il est cinq heures et demie du matin, et la petite vallée est comme nimbée d'une laitance hésitante, celle de l'aube à peine dévoilée, à l'heure où les coqs se réveillent en bâillant, à l'heure où les gendarmes font leurs coups en douce.

Le douanier de garde du poste d'Arnéguy sort ensuqué de sa cagna. Il pense qu'un nouveau jour qui commence dans le bleu profond, celui d'un camion de gendarmes, est un drôle de jour, déjà. Son collègue dort en ronflant la bouche ouverte. Le douanier regarde le véhicule vaguement menaçant, immobile dans l'à peine clarté. Des emmerdes à cette heure-là, ce sont des trucs qui viennent d'en-haut. Il défripe l'uniforme, arpente le pont et s'avance vers le fourgon. La porte arrière s'ouvre, et il aperçoit fugitivement deux types menottés au fond, tête à moitié posée sur les genoux, entourés d'autant de gendarmes en uniforme, mousqueton bien droit entre les cuisses, képis dans l'alignement. Mais la vue est vite masquée par le costume un peu grisâtre d'un civil qui se dresse dans l'embrasure. Le douanier remarque ses pantalons un peu courts aux chevilles, un feu de plancher aurait dit la grand-mère, un type avec une de ces grosses têtes règlementaires qu'on ne voit que dans la périphérie des préfectures. Le type en civil le prend par le coude, lui enjoignant de faire deux ou trois pas en arrière. Et là, dans la paisible grisaille matinale, sans un mot, il sort de sa poche de poitrine un papier, le déplie comme si c'était une friandise et le lui tend. Le douanier voit l'en-tête du Tribunal et des tampons plus abscons concernant la Sécurité Nationale. Il pense soudain que le papier crisse, comme s'il y avait du filigrane à l'intérieur. Il se dit aussi qu'il a l'impression de revivre une de ces scènes du petit matin, dans les films d'espionnage à la con qu'il voyait, jeune, au Kursaal de St Mihiel. Et en lisant les mots tapés à la machine, il ne peut s'empêcher d'entendre aussi les petits oiseaux, plus loin, dans les arbustes en bord de rivière, piailler et chahuter comme si la fête de ce jour d'été était déjà commencée. Et il suppose qu'il n'y a pas que pour les oiseaux que la fête est entamée, même si les deux types menottés dans l'intérieur du fourgon ne sont pas en état de se réjouir des beautés des choses et de la nature, car il comprend au même instant que ce sont deux types en train d'être expulsés, à l'heure du loup, loups eux-mêmes, fauves enchristés, fauves passant de cage en cage. Et il imagine que ce sont sûrement des basques à qui l'on fait passer une frontière qu'ils refusent et qu'on change de mains policières, des mains aussi moites d'un côté que de l'autre, aussi inamicales, aussi dangereuses, enfin, peut-être un peu plus dangereuses d'un côté que de l'autre.

Le gabelou du petit matin triste, qui est né dans la Meuse, n'a jamais bien compris les arcanes compliquées de la lutte des indépendantistes, a suivi de loin ces guerres entre ETA et Etats, a cru longtemps que le gal était du féminin et tout le bastringue. Il faisait son métier de douanier un point c'est tout, et tu parles d'un métier d'avenir, avec l'Europe, ah le bon temps de la contrebande, c'était fini, maintenant va savoir ce qui doit passer ou non, l'essentiel du taf réside à n'arrêter les voitures qu'à certaines heures, pour le zèle. Et pour la drogue, quand on est renseigné. Bien-sûr, pour se défouler, et mettre en pratique la science compliquée de la fouille de coffre, il y a quelquefois les bagnoles venant du très grand Sud, avec des types au volant correspondant à ce qu'on suppute être des gens du grand Sud. Mais ce que sent le douanier, en tenant ce papier entre ses doigts ensommeillés, c'est qu'il y a la fraude, la magouille, le trafic, d'un côté, le sien, et la politique, la guerre, de l'autre, celui du type en civil qui retend la main pour récupérer le blanc-seing. Le douanier avait toujours eu une vie tranquille, c'est-à-dire un manque relatif de mauvaise conscience, le boulot étant le boulot, et le col de Ronceveaux pas vraiment une autoroute ; même l'été c'était tranquille, car les Français n'aiment pas passer par un endroit de défaite et de trahison. Et puis, depuis trois ans qu'il était là, il avait apprécié le lieu, le gazouillis fluide et régulier de la Nive, les flancs tranquilles d'une montagne rude et sombre, d'un vert froid lui rappelant les bords de la Meuse, les sautes de température, les orages d'été, les pluies de printemps, les virées à St Jean, de Luz l'été, Pied de Port l'hiver. Ce qu'il avait aussi appris à connaître, plus que la différence entre grande et petite chistera, c'était celle entre l'anisette, du côté Français, et l'anisette, du côté Espagnol. Et celle du côté espagnol était bien plus française que celle du côté français, puisque c'était de l'absinthe. Tout ça dans les deux cafés situés de part et d'autre de la barrière fermant le pont, d'un côté Alexandre Alchourroun, et de l'autre Jean de Laketlekou. Des cousins, en plus.

Le douanier réalisait tout cela, à toute vitesse, en tremblant un peu, le froid, et l'angoisse qui montait. Car les visages qu'il avait vus furtivement, au fond du fourgon, il ne savait pas pourquoi, n'étaient plus des faciès de lambda, des profils de quidam, des tronches de pékins, c'était des têtes d'hommes qu'on transbahutait d'un pays à l'autre, en loucedé, c'était un truc pas normal, et, du coup, l'odeur de honte se répandait sur le joli paysage du petit bourg d'Arnéguy, ça ne lui paraissait pas franc, bizarre, le petit matin, tout ça, pas une heure de chrétien.

Et les oiseaux qui s'étaient tus, bizarrement. Ces putains de moineaux auraient continué à pépier, le douanier se serait repris et aurait vidé sa tête en faisant une sorte de salut règlementaire.

Le mec en civil le regardait avec un drôle d'oeil, ou du moins observait, les sourcils un peu plus circonflexes, les doigts du douanier froisser imperceptiblement la feuille tamponnée officiel. Le flic lui arracha la lettre et lui parla, d'une voix tranquille, basse, posée. Sans le regarder, comme s'il avait honte lui aussi. Le fourgon de la Guardia Civil était en retard, ou alors c'étaient eux qui avaient un peu d'avance, la route avait été déserte depuis St Jean, y'avait eu quand même un petit accident de la route du côté d'Ispoure...

Une voiture passa la frontière, au ralenti et le conducteur prit l'air un peu stressé de ceux qui n'aiment pas être matés, à cette heure-là, par deux types figés sur le bord de la route, juste après le pont, et l'ombre du fourgon, tout ça. Ca se trouve, pensa le douanier en regardant passer ce conducteur de l'aube comme si celui-ci n'attendait qu'un signe de sa main pour s'arrêter, ça se trouve, ce type transporte sa femme découpée en morceaux dans le coffre et trente kilos de hasch sur le siège arrière. Ca se trouve. Et puis il se ressaisit : Jean, du côté espagnol, était sorti de son bar et venait aux nouvelles. Un lève-tôt, le Jean. Et c'est parce que ce type se levait toujours aux aurores qu'il avait l'esprit aussi vif que l'air des montagnes. Il fit un clin d'oeil au douanier et s'avança vers le flic en civil, alors que le Jean de Laketlekou, ce n'était pas vraiment le genre à aimer la maréchaussée. Et quand le douanier le vit se mettre à parler, toutes ses fausses dents en avant, de la pluie et du beau temps, de la fréquentation des touristes, et de l'état des routes dans la descente de Pampelune, il se mit à réfléchir très vite, mais alors très vite, à la vitesse que jamais un douanier n'a atteint avec ses neurones. Les basques du fourgon, il le savait, avaient vingt-quatre heures pour être extradés avant tout jugement, une journée à peine après leur arrestation. Sans jugement, sans passage devant la juridiction française. Il ne devait pas rester beaucoup de temps pour réussir cette opération, les types devaient être ceux gaulés à Bayonne, la veille, au lever du soleil. La radio est toujours allumée, dans le poste de garde.

Et quand il entendit Jean émettre l'évidente idée de faire visiter sa cave au type en civil, les neurones du douanier passèrent la vistesse supérieure. C'était possible. C'était ça la prise de conscience.

Pourtant un mec de la Meuse en avait rien à foutre, des basques. Mais un lorrain loin de chez lui peut quand même être amoureux. La postière de St Jean le Vieux, plus bas, dans la plaine. Plus basque qu'elle, impossible. Et, tout à coup, le douanier vit sa vie future, en rose et blanc, avec la jolie et brune postière au bras de son héros local. La vie plus haut, dans le Nord-Est, où personne ne songe à devenir indépendant. La petite basque découvrirait les joies des balades d'hiver dans les vallées ardennaises.

Alors le douanier prit part à la conversation, en disant que c'était une bonne idée d'aller s'en jeter un dans la cave de Jean, la plus belle cave à l'ouest du pecos, et que ça valait le détour, et qu'il garderait les deux zigotos dans le camion jusqu'à l'arrivée de la cavalerie espagnole, mais qu'avant il fallait qu'il aille fermer sa propre boutique, on ne savait jamais avec les gens d'ici, un tampon est vite disparu.

Et le douanier est reparti à toute vitesse dans sa cagna et il est allé ouvrir la bonne armoire et le bon tiroir, là où traînent ces trucs interdits que la Brigade n'est jamais venue chercher parce que ça ne dépassait pas le kilo, ces petits paquets de pâte brune qui, une fois bien secs, se fument entre jeunes et moins jeunes. Et il en a mis deux dans ses poches. Et il est revenu près de la fourgonnette en priant la Sainte Mère et Sainte Barrière, la patronne des gabelous, que la poulaille espagnole ne déboulât pas trop vite. Mais il n'y avait personne sur la route, vers le col, et en tendant l'oreille, on n'entendait que la rivière. Mais toujours pas d'oiseaux.

Et Jean emporta sans trop de difficultés le type en civil, les deux gendarmes et le conducteur du fourgon vers sa cave où se tenaient, toujours prêtes et toujours fraîches, les limpides bouteilles d'anisette mythique. Alors, dans le petit camion, le douanier regarda les deux types abasourdis, ils avaient déjà le rictus de la torture sur eux, sortit les deux petits képas de sa poche et les fourra dans leurs chaussettes. Les deux types comprirent, réfléchirent et ne dirent absolument rien. Il y avait peut-être de quoi rigoler, mais absolument pas de quoi sourire.

Au même moment, le douanier perçut le ronflement d'un moteur plus haut, descendant le col. Et il entendit les gendarmes qui revenaient. Leurs godillots crissaient sur le gravier. Alors, il sortit son révolver, attendit que le premier des képis bleus arrive dans le fourgon, et se mit à gueuler.

En substance, que ces enfoirés de basques, même menottés, tentaient de passer de la came.

Que c'était très embêtant, ce genre de flag (il montrait les deux paquets).

Qu'il fallait en référer.

Et attendre l'avis de sa propre administration.

Le flic en civil regarda autour de lui. Il y avait Jean. Mais aussi Alexandre, alerté par les cris. Et sa fille. Et un petit vieux à bêret. Du monde. Des témoins.

Il regarda le douanier et lui demanda combien de temps ça allait prendre, cette connerie.

Oh, le temps qu'ils montent de Bayonne, deux, trois heures, répondit le douanier.

Enfoiré, lui dit le civil, tout près du nez. J'en connais un qui va se retrouver muté dans la Meuse. Et vite fait en plus.

ILLUSTRATIONS

Frédéric Liéval

Couleurs : Martine Gros
(Atelier Dominique Duplantier)

COUVERTURE
«Composition pour piments et bérêts basques»
Frédéric Liéval

TEXTES

Achevé d'imprimer
le 17 juillet 1996
sur les presses de l'Imprimerie Laffontan
à Hendaye (Pyrénées-Atlantique).

Dépôt légal : juillet 1996